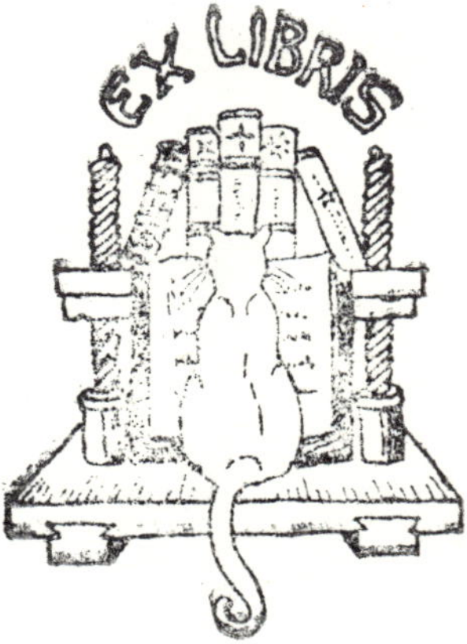
EX LIBRIS

DÖRLEMANN

SALZBURG 2
1. VIII 34 - 9
BENÜTZET DIE POST KRAFTWAGEN!
ÖSTERREICH 30
31-7-1934
Mr. & Mrs. W. J. Cook,
24, Morella Road,
Wandsworth Common,
London SW12
ENGLAND

Louise Carpenter

Ida & Louise

Wie zwei Schwestern
die Gestapo überlisteten

Aus dem Englischen
von Miriam Mandelkow

DÖRLEMANN

Die Originalausgabe »Ida and Louise« erschien 2007
in *Granta* 98 – *The Deep End* (S. 49–83) in London.

Umschlaggestaltung: Mike Bierwolf
Papier (Inhalt): Munken Premium Cream aus nachhaltiger,
fsc-zertifizierter Produktion
Satz: Dörlemann Satz, Lemförde
Druck und Bindung: GGP Media GmbH, Pößneck
ISBN 978-3-908777-54-0
www.doerlemann.com

1

Geld hat die Morella Road im Stadtteil Wandsworth erobert und saniert wie so viele andere gewöhnliche Straßen in London. Die Architektur ist nichts Besonderes. In der Morella Road stehen viktorianische Reihenhäuser mit Erkerfenstern, alles in allem schlicht mit kleinen Verputzschnörkeln und Türmchen, um dem Ganzen einen Hauch von französischer Gotik zu verleihen. London hat Tausende solcher Backsteinstraßen, die fast das gesamte zwanzigste Jahrhundert hindurch eine anständige Mittelschichtsexistenz symbolisierten. Heute kostet ein solches Haus wohl an die zwei Millionen Pfund – »heute« heißt Anfang 2007, da die Immobilienpreise in London monatlich um durchschnittlich £7000 bis £11 000 steigen. Audis, Mercedes und BMWs stehen auf der Straße, und die Haustüren sind in Tönen gestrichen, die von ausgiebigen Farbstudien ihrer Besitzer zeugen. Bei all dem Schick und Wohlstand fällt es schwer, sich vorzustellen, wie die Straße einmal war: das Holz in nüchternem Dunkelgrün oder Schwarz, Maklergehilfen und Staatsdiener mit Melonen auf dem Kopf, die jeden Morgen ihres Wegs zur Bahn oder Tram gingen und sich abends an den mit gekochtem Wurzelgemüse und billigem Fleisch gedeckten Tisch setzten. Eine Ära gleichförmiger Tugenden: schlichtes Essen, sparsame Lebensführung, gesellschaftliche Gefügigkeit, gedrosselte Emotionen, gutes Benehmen – eine Ära, in der man nicht die Aufmerksamkeit seiner Nachbarn auf sich ziehen wollte, in der man am besten nicht auffiel.

Die Schwestern Ida und Louise Cook wohnten über sechzig Jahre in der Morella Road 24, von kurz nach dem Ende des Ersten Weltkriegs bis zu den letzten Jahren des Kalten Krieges. In vieler – wenn auch nicht jeder – Hinsicht fielen sie aus dem Rahmen allgemeiner gesellschaftlicher Entwicklungen: Sie waren einzigartig. Eines Morgens im März dieses Jahres fuhr ich mit dem Zug nach Wandsworth, lief zu ihrem Haus und sah zum Fenster des obersten Zimmers hinauf – im zweiten Stock, unter der Dachtraufe –, das jahrzehntelang Idas Arbeitszimmer gewesen war. Wie viel war in dieser kleinen Phantasiewerkstätte getippt und geträumt worden. Hier hatte Ida vor ihrer mechanischen Schreibmaschine gesessen und ihre Briefe an Opernsängerinnen geklappert, ihre Zeitschriftenartikel, ihre Liebesromane und die gemeinsame Autobiographie. Allerdings dachte ich, als ich zu dem Fenster emporsah, an etwas anderes, das hier entstanden war: ein unveröffentlichtes Manuskript, das Ida »Einige übersinnliche Erfahrungen« genannt hatte, geschrieben in den Sechzigerjahren, als Ida und Louise unter dem Einfluss des Spiritisten Leslie Flint standen. Flint, ein ehemaliger Friedhofsgärtner und Gelegenheitstotengräber, hatte als Medium, das sich auf die sogenannte »Direktstimmen«-Methode spezialisiert hatte, Berühmtheit erlangt. Bei Séancen in Flints großem, düsterem Salon in Paddington waren viele Stimmen zu den Schwestern durchgedrungen, überwiegend von jenen alten Opernstars, denen ihre ganze Hingabe gegolten hatte. Doch nur eine Stimme hatte sie je zu Tränen gerührt. Als die Schwestern von dieser Séance zurückkehrten, stieg Ida die Treppen zu ihrem Arbeitszimmer hinauf und schrieb ihren Bericht:

Am bewegendsten – und zutiefst unerwartetsten – war wohl, als bereits mehrere gesprochen hatten und auf einmal, aus dem Nichts, klar und deutlich, wenn auch mit schwerem deutschem Akzent, eine Frauenstimme sagte: ›Ihr findet es wahrscheinlich merkwürdig, dass ich hier zu euch spreche, denn ihr kennt mich nicht. Aber es gibt viele Menschen hier, die ihr nicht kennt und die euch sehr lieben.‹

Überrascht und gerührt dankten wir ihr, und sie fuhr fort: ›Ich heiße Anna. Ich wurde in Dachau … ermordet.‹

›Tatsächlich?‹, flüsterten wir.

Dann sprach sie schnell weiter: ›Aber ich habe diese ganze schreckliche Zeit schon lange hinter mir gelassen.‹ Sie habe gehört, sagte sie, dass wir uns bemüht hätten, einigen aus ihrem Volk zu helfen, und nun wolle sie uns danken – und das tat sie, auf schlichte und unendlich bewegende Weise. Zum Schluss hatte sie Mühe, die Verbindung zu halten, denn sie schloss: ›Also … ich weiß nicht … ich wollte noch so viel Wichtiges sagen, aber … ich liebe euch. *Auf Wiedersehn.*‹

Verständlicherweise waren Louise und ich – und auch Leslie – in Tränen aufgelöst.

Eine Stimme aus dem Holocaust (wobei die Schwestern diese Zeit nicht unter dem Namen kannten), zwei in die Jahre gekommenen englischen Jungfern überbracht mittels zweifelhafter Methoden eines vom Totengräber zum Ansprechpartner des Jenseits gewandelten Mannes in einem Londoner Zimmer hinter vorgezogenen Vorhängen. Dies nicht zu glauben, führt uns nirgendwo hin. Wichtig ist, dass die Cook-Schwestern daran glaubten. Sie waren bewegt. Und das ganz zu Recht, angesichts eines Lebens, das schwindelerregend zwischen reinster Traumwelt und nüchternster Wirklichkeit hin- und herpendelte.

Mein Interesse an den Cook-Schwestern wurde geweckt, als mir ein Freund ein längst vergriffenes Exemplar von Idas 1950 veröffentlichten Erinnerungen *We Followed Our Stars* gab, das unter anderem beschreibt, wie Louise und sie in ihrer ganzen anonymen

Schlichtheit, mit schäbigen Wolljacken und Glasperlen von Woolworth, effizient wie kaum jemand sonst in Großbritannien zwischen 1937 und dem Ausbruch des Krieges Juden aus Deutschland nach England gebracht hatten. In diesen Jahren unternahmen die Schwestern zahlreiche Kurzreisen nach Nazideutschland, wobei sie, um nicht den Argwohn der deutschen Grenzbeamten zu wecken, von Croydon aus flogen und von Holland mit dem Schiff zurückfuhren. Es ist nicht klar, wie viele Juden sie gerettet haben – offiziell ist von »neunundzwanzig Fällen« die Rede, aber in vielen Fällen handelte es sich um Familien und nicht um Einzelpersonen, also beläuft sich die Zahl wohl eher auf fünfzig, sechzig oder mehr.

Dieser große Menschheitsdienst nimmt nur gut ein Viertel des Buches ein, das ansonsten ihrer Liebe zur Oper gewidmet ist oder, genauer, ihrer schwärmerischen Verehrung für deren singende Protagonistinnen. Sie hatten so wenig Interesse an dem, was sie das »Wirkliche« nennen würden, diese beiden Frauen, die sich am treffendsten durch ihre Schwesternliebe, ihren Glauben an die spirituelle Welt und ihre lange Flucht ins Süßwerk der Opernbühne und der Liebesromane charakterisieren lassen. Wie und weshalb sind sie in die gefährliche und kostspielige Unternehmung geraten, mehrere Dutzend von Hitlers potenziellen Opfern zu retten? Dieser Frage waren die Schwestern ihr ganzes Leben lang erfolgreich mit unterschiedlich befriedigender Aufrichtigkeit oder Selbsterkenntnis aus dem Weg gegangen. »Ich mache mir nichts aus diesem ganzen modernen Gepoche auf versteckte Motive«, hatte Ida Cook

1966 einen Reporter der amerikanischen Zeitschrift McCall's wissen lassen. »Es gibt einfach viel zu viel von dieser Psychoanalyse. Man ist doch nun mal, was man tut, nicht wahr?«

Ida und Louise als junge Frauen, 1926

2

Louise Cook, nach ihrer Mutter Mary Louise benannt, wurde am 19. Juli 1901 in der Bergbau- und Schiffsbaustadt Sunderland geboren. Drei Jahre später, am 24. August 1904, erblickte Ida das Licht der Welt. Wie ihre Mutter später berichtete, hatte der Vater bei Idas Ankunft ausgerufen: »Große Güte, wie ist sie hässlich!«, was beweist, dass Beobachtungsgabe nicht immer von elterlicher Hingabe getrübt wird. Die dreijährige Louise hingegen fand das Baby himmlisch. Sie klammerte sich an sie, als wäre es ihres, und wenn das Kindermädchen darauf bestand, mit der kleinen Ida an die frische Luft zu gehen, wälzte sich Louise hysterisch am Fuß der Treppe im Glauben, ihre

Schwester für immer verloren zu haben. Ihre Mutter war eine pragmatische Frau mit gesundem Menschenverstand, die ihren vier Kindern – es folgten die beiden jüngeren Brüder Jim und Bill – diese Lebenshaltung schon früh eingab. Küsse und Kuscheln waren eher selten, ebenso jedoch Tränenströme und Geschmolle. Die einzige Extravaganz, die sich Mrs Cook erlaubte, bestand in ihrem Glauben an Geister und Gespenster, den sie, wie wir gesehen haben, an ihre Töchter weiterreichte. Ihr Vater, James Cook, war ein tüchtiger Zollbeamter. Als er Mary Brown heiratete, hatten sie gefunden, was sie suchten, und strebten nach nichts anderem.

Als Ida zwei war und Louise fünf, zog die Familie in den Londoner Vorort Barnes nahe Wandsworth und 1912 wieder in den Norden nach Alnwick in Northumberland, wo die Mädchen in die Duchess School kamen, vor hundert Jahren von der Herzogin von Northumberland gegründet und untergebracht im alten Witwenhaus des Schlosses von Alnwick. Es war ein bezaubernder Ort für Mädchen wie Ida und Louise, deren Blick sich damals fest auf alles richtete, was einmal war, und nicht auf das Kommende. In jenen Jahren bildete sich die Dynamik ihrer Beziehung heraus. Ida war die Geselligere, Louise eher nachdenklich und analytisch, weniger emotional, die geborene Intellektuelle. Louise, scherzte die Familie, saß am allerliebsten in einem Sessel mit Dantes Inferno oder ihrer lateinischen Grammatik, während Ida den Raum unterhielt. Durch ein Teleskop betrachtet wäre man versucht, Ida als Anführerin der beiden zu sehen, aber in Wahrheit konnte eine nicht ohne die andere handeln. Als sie zu jungen Frauen heranwuchsen, waren sie im Grunde zwei Hälften eines Ganzen. Indem sie sich ausschließlich aneinander und an der Güte ihrer Eltern orientierten – zur Teezeit dozierte Mr Cook gern über Moral –, lebten sie weiter in der häuslichen Wärme und Geborgenheit, die Kinder im Idealfall bei ihrer Mutter finden. Folglich schenkten sie einander das Zutrauen, das Selbstzweifel ausschließt. »Zwei Mädchen schaffen häufig, was eine allein nicht zustande bringt«, wie Ida es in *We Followed Our Stars* ausdrückte.

Ihr Aussehen mag den gegenseitigen Beschützerinstinkt verstärkt haben. Als die Familie 1919 wieder nach London zog, in das Haus in der Morella Road, war offensichtlich, dass keine von beiden eine Schönheit werden würde. Beide hatten eine hohe Stirn und fleischige Nasen und Lippen. Ida hatte ein, zwei in komischem Winkel vorstehende Zähne, dichte Augenbrauen und Kruselhaar um die Ohren. Louise war schon immer die schönere der beiden gewesen, auch wenn Ida irgendwann dank falscher Zähne ein wenig aufholte. In London mussten die Schwestern arbeiten. Louise fand eine Anstellung als Sekretärin im Erziehungsministerium und verdiente zwei Pfund sechs Schilling die Woche (mit Bestnoten für Latein im Einstellungstest), und Ida folgte ihr ein oder zwei Jahre darauf als Schreibkraft. Jetzt waren sie unabhängige, junge urbane Frauen in einem Zeitalter, das sich allmählich von überkommenen Moralvorstellungen befreite, und doch trachteten sie nicht nach dessen Zerstreuungen. Zwar waren dank des Ersten Weltkriegs junge Männer tatsächlich rar, aber die Schwestern machten auch gar keine Anstalten in diese Richtung. Sie tanzten keinen Charleston, sie tranken und rauchten nicht. Stattdessen kehrten sie jeden Abend in ihr Doppelbett in die Morella Road zurück und waren sich selbst genug.

Abgesehen von den Alltagsgeräuschen der Unterhaltung und des Haushalts – einlaufendes Badewasser, britzelnder Speck –, herrschte im Haus vollkommene, unmusikalische Stille. Es gab kein Radio, kein Grammophon, kein Klavier. Ida und Louise hatten keine Musikerziehung genossen und hegten keinerlei musikalische Ambitionen: Sie sangen nicht und spielten kein Instrument. Als eines Tages im Jahre 1923 »Un bel di vedremo« aus Puccinis *Madame Butterfly*, gesungen von der Koloratursopranistin Amelita Galli-Curci, ihr Schlafzimmer durchflutete, hatten sie es mit einer vollkommen neuen, tiefgreifenden Sinneserfahrung zu tun. Die hatte Louise zu verantworten. Eines Nachmittags war sie im Erziehungsministerium in einen Musikvortrag des walisischen Komponisten und Organisten Sir Walford Davies geraten und am selben Abend »leicht benommen« nach Hause zurückgekehrt. Nachdem sie Ida auf ihre Begeisterung eingeschworen hatte, nutzte sie eine Gratifikation als Anzahlung auf ein £23 teures handbetriebenes Grammophon inklusive zehn klassischer Schallplatten: Musik von Bach und Gluck sowie die Stimme von Galli-Curci.

Kurz darauf ging Louise, während Ida als Brautjungfer auf einer Hochzeit im Norden Englands war, ins Royal Opera House in Covent Garden und lauschte von der Galerie aus *Madame Butterfly*. Mit Ida zusammen ging sie zum ersten Mal in *Tosca*, *La Traviata* und

Rigoletto, immer saßen sie auf den billigsten Galerieplätzen. Die Primadonnen wurden zu ihren Heldinnen – Menschen, die man lieben, für die man leben konnte –, und bald besetzten sie ihre Plätze in der Covent-Garden-Schlange mit von so genannten »Hockermännern« gemieteten Klapphockern, die tagsüber, während sie in Whitehall vor sich hintippten, vor dem Opernhaus aufgestellt waren.

Geduldig standen sie vor Bühneneingängen in der Hoffnung auf einen Blick, ein Autogramm oder (inzwischen besaßen sie einen kleinen Fotoapparat) ein Bild.

Ihre ungeheure Hingabe an die Stimme von Galli-Curci offenbart einen Geist, der ihnen später noch zugutekommen sollte. Nachdem die beiden sie bei einem Mittagskonzert in der Albert Hall – ihrem ersten Auftritt in Großbritannien – gehört und zu ihrer Bestür-

Amelita Galli-Curci mit ihrem zweiten Ehemann Homer Samuels

zung erfahren hatten, dass sie nur in New York Opern sang, gelobte Ida, sie würden binnen fünf Jahren dorthin reisen, um sie zu hören – ob Louise mitkommen würde? »Unbedingt!«, rief sie. Sie schrieben Galli-Curci, schilderten ihre Pläne und erhielten postwendend Antwort: »Sollten Sie es jemals nach Amerika schaffen, bekommen Sie Karten für alle meine Auftritte.« Nachdem ihre Berechnungen ergeben hatten, dass sie für die gesamte Reise £100 brauchten, führten sie zwei Jahre lang ein karges Dasein, in dem sie ausschließlich Graubrötchen aßen, weder Kleider noch Süßigkeiten kauften und nie den Bus nahmen, wenn sie auch zu Fuß laufen konnten. Wurden sie einmal von Hunger geplagt, so lasen sie den Rand-McNally-Reiseführer von New York, um sich ihr Ziel zu vergegenwärtigen: »Wir wussten, was wir wollten, und daran hielten wir fest«, schrieb Ida in einer Beamtenzeitschrift namens *Red Tape.* »Zum Glück wussten wir stets, wie müßig es ist, anderen Leuten ihren Lohn zu neiden – darüber verliert man doch nur aus den Augen, was man mit seinem eigenen anstellen kann.«

Im Dezember 1926 schifften sie sich dritter Klasse auf die *Berengaria* ein und nahmen sich am Washington Square West ein Hotelzimmer, wo sie gleich nach ihrer Ankunft die Koffer auspackten und sich ihre Opernausstattung zurechtlegten: Scharlachrot für Louise, Rosa und Silber für Ida, Operncapes für beide; die gesamte Ausstattung hatte Ida nach Schnittmustern aus *Mab's Fashion* geschneidert, einer von Miss Florence Taft herausgegebenen Zeitschrift, die hauptsächlich von Sekretärinnen gelesen

Ida und Louise in ihrer selbst genähten Operngarderobe, 1926

wurde. Dann setzten sie ihre kecken kleinen Moleskinhüte auf und begaben sich zu Galli-Curcis Agentur, um ihre Freikarten abzuholen. Am darauf folgenden Abend gingen sie zum ersten Mal in die Met, um Galli-Curci in *La Traviata* zu hören. »Wir waren die bestangezogenen Zuschauer im ganzen Opernhaus!!!«, schrieb Ida nach Hause. »Die Leute haben sich die Augen ausgeguckt ... Andere hatten Brillanten und bloße Rücken und all so was, aber in aller Bescheidenheit, unser Aufmachung war so hübsch und jung und farbenfroh – außerdem hatte sie den Mab's-Touch!!!«

Bei der Zugabe erspähte sie Galli-Curci im Publikum und winkte, eine Geste, die die beiden »wahrhaft romantisch« fanden. Es folgte eine Einladung in ihre Wohnung in der Fifth Avenue, zu der sie von einem Cadillac

Ida und Louise mit Amelita Galli-Curci, 1934

abgeholt wurden. Ihre Briefe an die Eltern (»Mop« und »Pop«) strotzen vor kindlicher Euphorie: »Ach, Selig! Selig! Selig! [Galli-Curci] übertrifft unsere Erwartungen.« »Ist sie nicht ein Schatz?«, fragten sie Mop in einem späteren Brief, nachdem sie die neuen besten Freundinnen der italienischen Sopranistin geworden waren. In ihrer Wohnung in der Fifth Avenue machten sie es sich auf dem Sofa in der Bibliothek bequem und plauderten über »alles von Mozarts Kammermusik bis Wiedergeburt«.

Ida und Louise lernten auf ihrer ersten New-York-Reise vielerlei: dass es ein Leben jenseits von Morella Road und öffentlichem Dienst gab, dass der tiefe Glaube an ihren eigenen Willen gerechtfertigt war, dass erhabene Musik ihnen ebenso gehörte wie jenen Damen mit Brillanten und bloßen Rücken, die sie in der Met gesehen hatten, und dass sie durch ihre Liebe zu dieser hohen Kunst ihren »Stars« folgen und nahe kommen konnten. 1929 entbrannten sie für die amerikanische Sopranistin Rosa Ponselle, bei ihrem ersten Auftritt in Covent Garden als Norma. Ponselle hatte ihre Laufbahn gemeinsam mit ihrer Schwester mit Vaudeville-Nummern begonnen und als Pausenfüller zwischen zwei Kinofilmen gesungen, bis die Met sie auf Carusos Empfehlung für die Rolle der Leonora in Verdis *La Forza del Destino* engagierte. Die Schönheit ihrer Stimme wurde für die Schwestern zum Talisman, zur Verkörperung alles Guten im Leben. »Heute ist Ponselle-Wetter«, pflegten sie zu sagen, wenn es sonnig war; in düsteren Zeiten trösteten sie einander mit dem Hinweis, es gebe »immer noch Rosa«.

Der dritte ernstzunehmende Anwärter auf ihre Gunst war der österreichische Dirigent Clemens Krauss, Leiter der Wiener Staatsoper bis zu seinem Wechsel an die Berliner Staatsoper im Jahre 1935 – einem Wechsel, der ihn nach dem Krieg vor einen Entnazifizierungsausschuss brachte. Erstmals sahen sie ihn 1934, als er seine Frau, die rumänische Sopranistin Viorica Ursuleac, in Richard Strauss' neuer Oper *Arabella* in Covent Garden dirigierte. Im Sommer desselben Jahres folgten sie ihm nach Salzburg. Österreichs Kanzler Dollfuß war gerade ermordet worden, und immer mehr Juden verließen Deutschland. Ida und Louise jedoch hatten nicht vor, die Festspiele zu versäumen. Ein Brief von Ida an ihre Eltern:

Die englischen Zeitungen sind wohl immer noch beträchtlich besorgt, aber das ist eigentlich alles Unfug ... Gelegentlich sieht man etwa fünfundzwanzig Soldaten durch die Sonne schlendern, dabei ein wenig verlegen grinsen und nicht sehr im Takt, aber mehr Militärmanöver gibt es hier nicht!

Krauss war viel interessanter. »Er ist der vollkommenste Poseur, den ich je gesehen habe, und nimmt es sich so schamlos heraus, dass man nur in belustigter Bewunderung den Atem anhalten kann«, schrieb Ida im August 1934 nach Hause.

– bevor er sich aus dem Staub macht, entzündet er ein Streichholz und beugt sich vor, um sich eine Zigarre anzustecken, sodass er in seiner ganzen entsetz-

but – before he does do any slipping away, he strikes a match & leans forward to light a cigar with every bit of his disgustingly good looks marvellously illuminated. The match is permitted to burn itself out – & then (& only then) off goes the car amidst gasps of gallery rapture. It's quite perfect. I can quite understand that it made Elizabeth heave, but we find it terribly amusing & attractive. I should have thought it must be ghastly to live with, but evidently it doesn't even irritate Viorica, & if he has one of his tempers on – she just waits till he gets over it, & then is perfectly ready to be her sweet self again. – And then they say, "What does Krauss see in Ursuleac!!" What does he see in her indeed!!! Oceans of tact & the disposition of a well brought-up archangel I should think. Anyway she appears to reap her reward in the sort of thing we saw the next day. We were just outside our hotel on the edge of the pavement when an open car drove rather slowly round the corner. In the back sat the two of them evidently driving out for an afternoon in the country (he was in real Austrian get-ups – shorts & shirt & priceless but becoming hat, & she in sort of neutral coloured linen). They were both laughing together & obviously very happy & although they had dark glasses on I knew them at once. I hadn't time to be discreet, but just let out one yell to Louise of – "Krauss & Ursuleac – in the car!" Ursuleac didn't hear, but Krauss grinned a bit as much as to say he didn't mind being recognised, & on they went.

Auszug aus Idas Brief vom 4. August 1934

lichen Schönheit so wunderbar erleuchtet wird. Das Streichholz darf ausbrennen – und dann (aber erst dann) verschwindet er im Wagen inmitten von Entzückungsjuchzern aus der Galerie. Ein vollkommenes Schauspiel.

Ganze, zum Teil zwölfseitige Briefe widmen sich der Beziehung von Krauss und Ursuleac, unterzeichnet mit »Die Euren, in Auflösung begriffen«. Die Schwestern schickten Ursuleac rote Rosen in die Garderobe und folgten dem Paar eines Nachmittags »mit einem Geschick …, das Sherlock höchstpersönlich gutgeheißen hätte«, zu ihrem Hotel vor der Stadt. Noch im selben Jahr stellten sie Krauss durch Amsterdam nach, wo, einer Einladung in die Garderobe seiner Frau folgend, der Grundstein zu einer kuriosen Freundschaft gelegt worden war. »Ich glaube, sie wird nicht recht schlau aus uns«, schrieb Ida nach Hause. »Sie findet uns natürlich liebenswert (›kluge Frauen‹), doch darüber hinaus ist sie etwas ratlos!«

Wie Galli-Curci war Ursuleac bald hingerissen von den beiden Schwestern, beeindruckt von der klugen Kenntnis ihrer Kunst und gerührt von ihrer Verehrung. Den Rest der Woche verbrachten Ida und Louise bei ihren Kostümproben, wo sie erstmals bemerkten, dass sie eine Rivalin hatten, eine vornehme alte Dame, die sie ein, zwei Mal mit dem Paar in Salzburg gesehen hatten. Zum Ende ihrer Hollandreise wurde ihnen die alte Dame hinter der Bühne als Frau Mitia Mayer-Lismann vorgestellt, die Festrednerin der Salzburger Festspiele, gegen die sie, so erinnerten sie sich, wegen ihres Doppelnamens

Ida nannte dies »das Bild, mit dem alles anfing«:
Clemens Krauss, Mitia Mayer-Lismann und
Victoria Ursuleac in Covent Garden

zunächst Vorbehalte gehegt hatten. An jenem Abend, da Ursuleac ihnen gestattet hatte, sie zum Zug zu bringen, trafen Ida und Louise am Bahnsteig Frau Mayer-Lismann an. Ursuleac nahm die beiden zur Seite: ob sie sich bitte, bitte um Frau Mayer-Lismann kümmern könnten, wenn sie auf einen Kurzbesuch nach London komme? Sie versprachen es ihr. »Jetzt wird alles gut«, versicherte die Sopranistin Frau Mayer-Lismann.

»In den darauf folgenden Jahren erinnerten wir uns wieder und wieder an diese Szene«, schrieb Ida in *We Followed Our Stars*, »denn auch wenn wir es damals noch nicht wussten, war soeben der erste Flüchtling in unsere Obhut gegeben worden.«

In London sahen sich Ida und Louise mit den Mayer-Lismanns die Stadt an. Im Westminster Abbey fragte Frau Mayer-Lismann die Schwestern, ob es sich um eine evangelische oder eine katholische Kirche handele. Dieselbe Frage in der St Paul's Cathedral. »Sind Sie Protestantin?«, fragte Ida. »Ich? Ich bin Jüdin«, antwortete die alte Dame, »wussten Sie das nicht?« Sie hatten es nicht gewusst. Und sie wussten auch nicht, was das inzwischen bedeutete. Im Laufe der Woche erklärten ihnen die Mayer-Lismanns die Folgen von Hitlers Herrschaft. In *We Followed Our Stars* schildert Ida ihre wachsende Erkenntnis:

> Wir sahen die Situation allmählich klarer, und zwar, zu unserem bleibenden Nutzen, mit den Augen einer normalen, frommen Familie wie der unseren. Es war eines der göttlichsten Geschenke, die wir je empfangen haben. Als der ganze Schre-

cken dessen, was in Deutschland und später in Österreich geschah, die Zeitungen erreichte, konnte ein normaler Verstand es schon kaum mehr begreifen, so abwegig erschien es. Erst ein Krieg führte den Menschen vor Augen, was in Friedenszeiten vor sich gegangen war, und ehrlich gesagt begriffen viele es überhaupt nie. Doch unsere Erkenntnis wuchs recht natürlich ... Für uns war der Fall der Familie Mayer-Lismann schockierend, aber nicht unglaublich. Wir waren entsetzt, taten aber, was wohl die meisten getan hätten. Wir fragten, ›Wo wollen sie hin? Was haben sie auf dem Arbeitsmarkt der Welt anzubieten? Und schließlich: Wie können wir helfen?‹ Damals war das alles für uns – nur so kann ich es ausdrücken – undringend.

Die Schwestern gaben selbst zu, dass die »Angelegenheiten« der Mayer-Lismanns, als diese nach Deutschland zurückgekehrt waren, hinter die Opernsaison zurücktraten.

3

Inzwischen stand Ida nicht mehr in öffentlichen Diensten. Seit der Reise im Jahr 1926 zu Galli-Curci hatte sie zu Miss Taft von *Mab's Fashion* Kontakt gehalten und den ein oder anderen Artikel über das Landleben in Northumberland oder bei Galli-Curci »zu Hause« in den Catskills beigesteuert. Ida nahm sich selbst als Schriftstellerin nicht ernst: Das Schreiben war Mittel zum Zweck, um die Opernreisen der Schwestern durch Europa zu finanzieren. 1932 schließlich bot Miss Taft Ida eine Stelle als Redakteurin an. Ida lehnte ab (»Ich bin Beamtin«, hatte sie eingewandt, »wie mein Vater und meine Schwester. Die Pension ...«), doch Miss Taft insistierte, und schließlich trat

Ida den kurzen Weg vom Gericht, wo sie als Schreibkraft arbeitete, zum Büro von *Mab's Fashion* in der Fleet Street an. Dort schrieb sie neben ihrer Redakteursarbeit bald auch Kurzgeschichten. 1935 waren die Schwestern pleite – »unser Appetit auf Auslandsreisen wuchs beängstigend« –, und so ging Ida auf Miss Tafts Vorschlag ein, für *Mab's* einen Fortsetzungsroman zu schreiben, im Kopf lediglich die hohen Honorare der erfolgreichsten Autoren.

Miss Taft wollte »etwas Deftiges«. Ida schrieb drei Kapitel. Miss Taft las sie und änderte ihre Meinung. Jetzt wollte sie »etwas Liebliches«. Ida ließ sich nicht beirren. Der fertige Fortsetzungsroman, *Wife to Christopher*, beinhaltete eine Vergewaltigungsszene und war ganz und gar nicht lieblich. Christopher, der Held, lässt sich von Vickis Schönheit zur Ehe hinreißen, und die Vergewaltigung erscheint als Einlösung ihrer »gesammelten« Schuld ihm gegenüber: »Ich nehme mir, was du verkauft hast, Vicki«, sagt er zu ihr. »Und ich bin mir ganz und gar nicht sicher, ob das nicht ein Genuss wird.«

Christopher bedeckt Vickis wütenden, wunden Mund mit Küssen, und ihre weiße Haut schimmert durch die Spitze ihres Nachthemds; er hebt sie hoch und stößt dabei die Lampe um, sodass es dunkel wird, und dann ... erwacht sie in »süßer Ekstase« in dem Bewusstsein, dass er zwar »mit dem Furor des Rächers, aber auch mit dem Rausch des Liebenden gekommen war«.

»Der Furor des Rächers«? »Der Rausch des Liebenden«? Wo nahm Ida das her? Vielleicht von der Oper? Von ihrem eigenen vergeistigten Begehren? Miss Taft jedenfalls wusste genau, wo sie ein solches Buch unterzubringen hatte. Sie wandte sich an Mr Charles Boon, einen der beiden Inhaber des Verlagshauses Mills & Boon. Der Verlag war damals wie heute gleichbedeutend mit Liebesromanen, so sehr, dass eher die Wörter »Mills & Boon« als die einzelnen Autorennamen das Buch bewarben. Weniger bekannt ist die indirekte Rolle der Verleger bei der Finanzierung der kleinen Unternehmung, die einige Dutzend Menschen vor den Lagern in Deutschland und Polen rettete.

Boon, laut einem Nachfahren ein »richtiger Gauner«, hatte den Verlag 1908 mit Gerald Mills, dem Sohn wohlhabender Besitzer einer Glasfabrik in den Midlands, gegründet. Unter den ursprünglichen Autoren, die das gediegene Verlagshaus in der Nähe des Fitzroy Square besuchten, waren P.G. Wodehouse, E.F. Benson, Jack London und Hugh Walpole. Der anfängliche Erfolg gründete sich in weiten Teilen auf Jack Londons Œuvre und eine Reihe von Fachbüchern aus der Feder pensionierter Oberstudienräte. Kurz vor seinem Bankrott in den Zwanzigern übernahm Boon die Kontrolle über den Verlag und konzentrierte sich ganz auf jene Produkte, die wegen ihres unverwechselbaren Aussehens als »die braunen Bücher« bekannt wurden. Diese Hardcover-Schmonzetten waren der besondere Liebling von Ausleihbibliotheken und Tante-Emma-Läden. Nach Boons Auffassung lag der Erfolg darin begründet, dass sich jede Autorin an ein »Format« hielt und gleichzeitig mit vollem Ernst bei der Sache war. Die Helden mussten mindestens 1,80 m groß sein, stark und launisch. Die Heldinnen sollten keinen außer- oder vorehelichen Geschlechtsverkehr haben und, falls doch, auf irgendeine Weise dafür bestraft werden. Deftige, ja sogar gewalttätige Sexszenen waren erlaubt, um die »Leidenschaft« anzufachen, allerdings nur, wenn die Beteiligten miteinander verheiratet waren.

Boon las Idas Manuskript, fand, dass es perfekt ins Programm passte, und kaufte es auf der Stelle ein. Ida bekam £40 für *Wife to Christopher* nebst zehn Prozent Beteiligung. Das Buch war ein Erfolg, und wenige Monate später, im November 1936, beauftragte Boon Ida, drei längere Romane von je rund 70 000 Wörtern zu schreiben, wobei der Vorschuss von £50 auf £100 kletterte. Im darauf folgenden Februar unterzeichnete sie einen dritten Vertrag, diesmal für vier Romane. Ida, die unter dem Pseudonym Mary Burchell schrieb, avancierte zu einer der lukrativsten und produktivsten Autorinnen im Mills & Boon-Stall (weitere neunzehn, sämtlich junge Frauen, hatten im selben Jahr für den Verlag ihren ersten Roman geschrieben). Den ersten mitgerechnet, schrieb Ida in den kommenden fünfzig Jahren insgesamt 129 Romane, viele davon in ihrem Arbeitszimmer in der Morella Road über dem Schlafzimmer, in dem sie jede Nacht keusch neben Louise schlief. »Ich glaube, ich bin eine geborene Geschichtenerzählerin, und ich interessiere mich leidenschaftlich für Menschen«, versuchte sie später ihren Erfolg zu erklären. »Ich musste feststellen, dass ich eine Gabe für Liebesgeschichten habe – recht deftige für meine Zeit.«

Es brachte gutes Geld. Ende der Dreißigerjahre verdiente Ida mit ihren Büchern annähernd £1000 pro Jahr, vier oder fünf Mal so viel wie als Schreibkraft im öffentlichen

Dienst, und gab ihre Stelle bei *Mab's* auf. Der unerwartete Wohlstand änderte jedoch nichts an ihrem Verhältnis zu Louise. Ida hatte von Anfang an klargestellt, dass ihr Geld beiden gehörte, und so flanierten sie regelmäßig durch London und »besprachen das außerordentliche Phänomen«, als wäre es ein gottgesandtes Wunder und nicht Tag und Nacht an der Schreibmaschine erarbeitet. In ihrer Phantasie gaben sie Tausende aus: für Autos, Pelzmäntel und Europareisen, Ausflüge nach Amerika und Louises Rückzug aus dem Staatsdienst. Im Augenblick der Versuchung wurden sie unversehens auf einen anderen Pfad gestoßen. »Zum Glück (ach, welch ein Glück!)«, schrieb Ida in *We Followed Our Stars*, »kam uns, bevor ich die Möglichkeit hatte, meine Lebensgewohnheiten zu ändern …, endlich und auf alle Zeit das ganze schreckliche Ausmaß der Geschehnisse in Europa zu Bewusstsein.«

Die Schwestern hielten Kontakt zu Frau Mayer-Lismann, die Frankfurt nun ganz verlassen wollte. Erst jetzt begriffen sie die Folgen der Nürnberger Gesetze sowie die praktischen Schwierigkeiten und die bürokratische Sturheit, mit denen sich die deutschen Juden bei ihren Bemühungen, ins Ausland zu entkommen, konfrontiert sahen. Großbritannien betrachtete sich hauptsächlich als Transitland für jüdische Flüchtlinge, weshalb die meisten Einreisenden bereits die Aussicht auf Ausreise mitbringen mussten. (Die Vereinigten Staaten hingegen nahmen etwa dreimal so viele Menschen auf. 1945 blieben nur 60 000 jüdische Immigranten der Vorkriegsjahre in Großbritannien.) Die Einreise nach Großbritannien wurde nach dem Anschluss Österreichs im März 1938 erneut erschwert, komplizierte Visaformalitäten blockierten die Entscheidungswege und führten zu gefährlichen Verzögerungen.

Die Hürden, lernten Ida und Louise, waren folgende: Ein Flüchtlingskind durfte einreisen, wenn ein britischer Staatsbürger es vor Vollendung des achtzehnten Lebensjahrs adoptierte. Eine Frau durfte mit einem Hausgehilfinnen-Visum einreisen, wenn sie schlüssig nachweisen konnte, dass sie eine Anstellung hatte, die zuvor ausgeschrieben worden war. Männer zwischen achtzehn und sechzig wurden nur eingelassen, wenn sie dokumentieren konnten, dass sie sich auf der Durchreise befanden. In den meisten Fällen bedeutete dies den Nachweis eines Platzes in der Schlange nach Amerika mit einer Wartezeit zwischen sechs Monaten und zwei Jahren.

Diese Menschen wurden in Großbritannien nur aufgenommen, wenn ein britischer Staatsbürger vom Augenblick der Einreise bis zur Ankunft im Bestimmungsland die finanzielle Verantwortung für sie übernahm. Bürgschaften waren erforderlich, für Männer über sechzig lebenslang. Das Flüchtlingskomitee befasste sich nur mit Fällen, in denen die Papiere vollständig vorlagen.

Inzwischen stieg Idas Einkommen aus den Liebesromanen stetig an. Sie war »trunken« vom Anblick ihres Geldes und »dem schrecklichen, bewegenden und überwältigenden Gedanken – dass ich damit Leben retten konnte«.

4

Hätten Ida und Louise ihr Flüchtlingswerk unternommen, wenn sie nicht der Oper und ihren Protagonisten verfallen wären? Ich möchte es bezweifeln. Oper war ihnen wichtiger als alles andere, und anfangs reagierten sie auf persönliches Hilfeersuchen von Menschen, die sie zutiefst bewunderten, allen voran Krauss, Ursuleac und Mitia Mayer-Lismann. Idas Einkommen erlaubte ihnen, finanzielle Bürgschaften zu übernehmen. Ihre Hilfsbereitschaft verband sie auf eine Weise mit dem Ehepaar Krauss und seiner Welt, die tiefer und befriedigender war – und ebenbürtiger –, als ihnen hinter der Bühne als Fans schöne Augen zu machen. Anzunehmen, dass eine engere Beziehung zu

Ida und Louise mit Ezio Pinza und Viorica Ursuleac

Krauss und Ursuleac sogar ein bedeutender Antrieb ihrer Bemühungen war, schmälert nicht ihre Verdienste. Wie Ida schrieb, »versüßten« Krauss und Ursuleac »diese bittere Pille – mit ihren beispiellosen Auftritten sowie ihrer treuen Freundschaft«.

Und so lieferten ihnen die Mayer-Lismanns, Krauss und Ursuleac zunächst die Namen jüdischer Freunde, überwiegend aus Musiker- und Intellektuellenkreisen, die Deutschland verlassen wollten. Bald ergab sich ein fester Ablauf. Wegen Louises Bürozeiten beschränkten sich ihre Reisen mehr oder weniger aufs Wochenende. Alle zwei oder drei Monate deckte Louise am Freitagabend ihre Schreibmaschine ab und eilte von Whitehall zum Flughafen nach Croydon, wo Ida auf sie wartete. Um halb zehn Uhr abends landeten sie in Köln, nahmen den Zug Richtung München und fuhren bis Frankfurt. Am Samstag kamen sie mit ihren Kontaktpersonen zusammen und trafen alle Vorkehrungen. Am Sonntag nahmen sie den Zug nach Hoek van Holland und fuhren über Nacht mit der Fähre nach Harwich – heimwärts eine andere Route, um zu vermeiden, dass die Grenzpolizei auf sie aufmerksam wurde. Am Montag saßen beide wieder an ihren jeweiligen Schreibmaschinen.

Die Erste, für die sie die finanzielle Bürgschaft und die nötigen Papiere besorgten, war Mitias Tochter, die siebzehnjährige Musikstudentin Else. Später (1987, gegenüber der Recorded Vocal Arts Society) erinnerte sie sich an den Augenblick, da Ida und Louise aus dem Zug stiegen:

Clemens Krauss und Viorica Ursuleac

> Es war sehr aufregend, sie auf dem Bahnhof in Frankfurt zu treffen … Mein süßer Hut war nichts im Vergleich zu den Hüten der beiden Cooks … Die Cook-Schwestern waren für uns eine Revolution, denn wir hätten nie, niemals geahnt oder gewusst, dass Menschen wie Ida und Louise existieren. Sie waren so einzigartig … nie deprimiert … [Ihre] Haltung zum Leben war eine Bereicherung … Es war eine außerordentliche Erfahrung.

Else Mayer-Lismann war auch die Erste, die die Wohnung am Dolphin Square am Embankment nutzte, die Ida als »Clearinghaus« für jene angemietet hatte, die sie nach Großbritannien brachten. Die Wohnung war relativ bescheiden, bot Platz für nur eine Familie, war aber hell und hatte ausreichend große Fenster. Und da Ida und Louise noch immer bei ihren Eltern in der Morella Road wohnten, bot sie ihnen gute Dienste als Anlaufstelle und Übergangsquartier (Ida und Louise behielten sie bis zu Idas Tod).

Die Hilfsbereitschaft der Schwestern sprach sich in den jüdischen Gemeinden herum, und bald erstreckten sich die Kontakte über Frankfurt hinaus auf Berlin und München. Hunderte von Briefen von Fremden mit Hilfeersuchen trafen in der Zentrale der britischen Flüchtlingsorganisation ein, adressiert schlicht an »Ida und Louise«. Den Schwestern wurde es immer dringlicher, ihre Pflicht zu tun, und List und Gewitztheit spielten fortan bei ihren Reisen mit. Zum Beispiel lernten sie, dass sie andere – Freunde und Familie und schließlich auch Fremde –, um sie zu Bürgschaften zu überreden, davon überzeugen mussten, dass sie das Geld gar nicht unbedingt aufbringen mussten. Flüchtlinge durften Deutschland nicht mit Geld und Besitz verlassen, sie konnten aber einen Teil ihrer Geldreserven in handliche Kleingüter umwandeln, welche die Schwestern, ohne großen Argwohn zu erregen, über die Grenze schmuggeln konnten. Schmuck zum Beispiel, Brillanten und Perlen, lag als Exportgut nahe – Winzigkeiten, die in Großbritannien mühelos wieder in Geld umgewandelt werden konnten. Welcher Zollbeamte würde angesichts der resoluten Gewöhnlichkeit der beiden Schwestern auf die Idee kommen, dass die Perlen und Brillantbroschen an ihren mit Glasknöpfen versehenen Kaufhauspullovern etwas anderes waren als Strass? (Der einzige Schmuck, den sie nicht annehmen konnten, waren Ohrringe;

keine der beiden hatte Ohrlöcher.) Sie flogen ohne Armbanduhren hin und kehrten mit den exklusivsten Schweizer Modellen am Handgelenk zurück. Trickreicher wurde es bei den Pelzmänteln. In den Wintermonaten reisten sie mit Etiketten von Londoner Modeläden an, sicher zuunterst in ihren Handtaschen verstaut, tauschten die Etiketten aus und zogen die deutschen Pelzmäntel an, die ihnen ihre Kontaktpersonen zum Export übergaben.

Ida und Louise hatten von Anfang an beschlossen, sich als exzentrische Opernliebhaberinnen zu tarnen – was geringer Verstellung bedurfte –, die für ihre Kunst durch ganz Deutschland zu reisen bereit waren. Dennoch weckten die häufigen Flüge irgendwann den Argwohn der Grenzkontrolle am Kölner Flughafen. Anfangs waren sie stets durchgewinkt worden, inzwischen jedoch mussten sie sich unfreundlichen Fragen stellen. Eine bessere Tarnung musste her, und hier sprang ihr Held Clemens Krauss in die Bresche.

Die Beziehung der Schwestern zu Krauss in dieser Zeit lohnt nähere Betrachtung. Was hielten sie von ihm? In Blythe House, dem Archiv des Victoria and Albert Museum, das die Theatersammlung mit einschließt, stehen neunzehn Kartons voller Material zum Leben der Schwestern. Das meiste umfasst Opern- und Theaterprogramme, Fotos von Stars und Briefe, aber auch von ihnen gesammelte Zeitungsausschnitte vom März 1935, kurz bevor Krauss die Wiener Staatsoper verließ, um Furtwänglers Nachfolge in Berlin anzutreten. Sie legen die Vermutung nahe, dass Ida und Louise sich wohl bewusst waren, wie sehr sich Krauss mit seinem Wechsel dem Verdacht der Nazi-Sympathie aussetzte. Ein Artikel, den die Schwestern ausgeschnitten und aufbewahrt hatten, mit der Überschrift »Streit in der Wiener Oper«, berichtet von »einer Szene ungewöhnlicher Empörung« während einer Aufführung von Verdis *Falstaff*. Als Krauss sich dem Dirigentenpult näherte, wurde er von Unterstützern der österreichischen Regierung mit Zischen und lauten »Schande!«-Rufen empfangen, während ihm andere Teile des Opernhauses – die Nazis – zujubelten. In der Pause lösten Polizisten mit Schlagstöcken ein Handgemenge auf. In einem anderen, am folgenden Tag veröffentlichten Artikel hieß es, Krauss habe sich, ebenso wie sein Freund, der führende Tenor Franz Volker, am Abend der Aufführung entzogen, und eine Tschaikowski-Oper habe eilig *Die Ägyptische Helena* ersetzen müssen. Drei Tage darauf war Krauss an der Staatsoper Berlin.

Erst zwei Jahre später konnte er den Schwestern schlüssig beweisen, dass er kein Nazi war. Als er 1937, er hatte Berlin inzwischen verlassen und war nach München gewechselt, von Idas und Louises Sorgen um die Grenzkontrollen erfuhr, bot er an, seinen Rang und Einfluss an der Münchener Staatsoper zu nutzen, um ihnen die Grenzübertritte zu erleichtern. Wann immer sie eine Reise zu »rechtfertigen« hätten, sagte er, werde er ihnen Einzelheiten aller Opernaufführungen mitsamt Besetzungslisten zukommen lassen, um ihre Glaubwürdigkeit bei der Einreise zu erhöhen. Wann immer möglich, fügte er hinzu, könnten Ida und Louise sogar das Programm auswählen. So durften sie sich im Zuge ihrer Mission mit einer ihrer Lieblingsopern belohnen lassen. »Manchmal dachten wir, wir ertrügen es nicht, in diese grässliche, kranke deutsche Atmosphäre zurückzukehren«, schrieb Ida in *We Followed Our Stars*. »Die Extraportion Mut und Entschlossenheit, die uns immer wieder zurückführten, sind ganz und gar Clemens Krauss und ... Ursuleac zu verdanken.« Nach Krauss' Tod im Jahre 1954 schrieb Ida:

> [Die Entscheidung, von Wien nach Berlin zu wechseln,] war natürlich falsch – taktisch und vielleicht auch menschlich. Doch auch wenn seine Feinde uns das vergessen machen wollen: Berlin war zu der Zeit in politischer, gesellschaftlicher und künstlerischer Hinsicht noch immer eine offene Hauptstadt wie jede andere europäische Stadt auch. Ich meine, nach zwanzig Jahren enger Freundschaft sagen zu können ..., dass Krauss diesen Schritt

sehr bald bitterlich bereut hat. Ihn rückgängig zu machen, war jedoch unmöglich, und um aus einer ihm derart widerstrebenden Situation das Beste zu machen, unterwarf er sich mit der ihm typischen Entschlossenheit dem Dienst an der Kunst, die er liebte, selbst mitten im Grauen … Allein mit seiner aktiven, zuverlässigen Hilfe brachten wir es fertig, neunundzwanzig Menschen aus Hitlerdeutschland herauszubringen.

Um zu demonstrieren, dass sie nichts zu verbergen hatten, stiegen Ida und Louise in den feinsten Hotels ab, eben weil sie voll besetzt waren mit hochrangigen Nazis. »Wir kannten sie alle – Louise und ich«, schreibt Ida in *We Followed Our Stars*:

Göring, Goebbels, Himmler, Streicher, Ribbentrop (der Louise einmal quer durch den Frühstücksraum im Münchener Vier Jahreszeiten ›schöne Augen‹ gemacht hat). Wir kannten sogar Hitler von hinten ... Wenn man dastand und sie voller Bewunderung anstarrte, während sie durchs Foyer schritten, wurde man einfach nur für eine einfältige Verehrerin gehalten.

Die Gegensätze und Abenteuer in ihrem Leben sind beinahe zu romanhaft. Die Schwestern kommen nach einem unruhigen Flug aus Croydon in, sagen wir, Berlin an. Sie fahren zu einem Haus und holen dort bei einer nervösen jüdischen Familie einige Pelzmäntel ab, reißen die Etiketten heraus und ersetzen sie durch jene, die sie aus London mitgebracht haben. Später betreten sie in Pelz gewandet das Hotel

Adlon, wo Goebbels und Himmler sich in der Menge tummeln. Am nächsten Tag unterhalten sie sich mit potenziellen jüdischen Flüchtlingen, bevor sie sich zum Opernabend aufmachen – der, wenn von Krauss dirigiert, möglicherweise allein für sie angesetzt wurde. Am Tag darauf kehren sie per Zug und Fähre zurück. Am Montagmorgen geht Louise geradewegs ins Büro, und Ida begibt sich zum Tresorraum ihrer Bank, um ein, zwei Brillanten zu deponieren. Unglaublich. Doch es war nicht Idas Art von Roman. In ihren Romanen gewann stets die Liebe gegen das Unglück, die häufig in großen Gesten oder zitternden Händen ihren Ausdruck fand und durch Gefühlsverwirrung und nicht durch die wahren Widrigkeiten des Lebens kompliziert, doch stets mit einem Happyend beschlossen wurde. (»Als Mary auf die Terrasse trat, sah sie ihn dort wie auf einer

Bühne im Mondlicht stehen und ihr die Arme entgegenstrecken. Ohne auch nur zu überlegen, was sie tat oder welche Folgen es haben mochte, strebte sie in seine Arme. Und als er sie hielt und küsste, suchte sie nur flüchtig ihre schwindende Vernunft zu fassen.« *Unbidden Melody*, 1973.)

Was Ida widerfuhr und was sie sich für Geld ausdachte (das die Grundlage dafür schuf, was ihr und anderen widerfuhr): Das waren zwei Paar Schuh. In *We Followed Our Stars* schreibt sie:

> Heute kann ich kaum mehr glauben, wie dramatisch unser Leben zeitweise verlief und wie normal die restliche Zeit. Ich schrieb Romane, und Louise arbeitete im Büro. Wir hatten Ferien. Wir hatten die Opernsaisons. Wir hatten Familienunter-

nehmungen und unsere Hobbys, allen voran unsere Grammophonplatten, die uns sehr über die Opernpausen hinwegtrösteten.

Louise lernte Deutsch, und die Schwestern arbeiteten nun mit einer deutschen Mittelsfrau in Frankfurt zusammen. Die katholische Frau Jack hatte es auf sich genommen, Listen mit Familien zusammenzustellen, die für ein Gespräch in einem Zimmer ihres Hauses in der Arndtstraße infrage kamen. Die Familien sahen, dass die Schwestern dank Idas Einkommen von Mills & Boon sowie Spenden von Freunden und Familie die Macht und die Mittel besaßen, ihnen herauszuhelfen. »Wir spielten nicht Gott«, erzählte Ida *McCall's* 1966:

Es war eher wie Glücksspiel in Monte Carlo. Mir läuft bei dem Gedanken daran noch immer ein Schauer über den Rücken. Ein Jude mit praktischen Fähigkeiten – ein Elektriker oder Ingenieur – wurde zuweilen dem Intellektuellen vorgezogen. Einer, der all sein Hab und Gut in Brillanten oder was auch immer umgewandelt hatte und seinem englischen Bürgen zeigen konnte, dass er ihm nicht auf der Tasche liegen würde, war besser dran als der Mann und seine Frau, die sich noch immer – als gehörten Möbel unmittelbar zum Leben – an ihre Betten und Familienporträts klammerten.

Am 10. und 11. November 1938 wurden auf Hitlers Anordnung in Deutschland, Österreich und dem Sudetenland männliche Juden verhaftet und in Konzentrationslager gebracht. Bestimmte Altersgruppen wurden freigelassen, jedoch nur unter der Bedingung, dass sie sich schriftlich verpflichteten, innerhalb von acht Wochen mit wenig Geld und einem Bruchteil ihres Besitzes das Land zu verlassen. Einen Monat später gab Mitia Mayer-Lismann, inzwischen in England in Sicherheit, Ida und Louise eine Liste mit Namen und Adressen, über die sie mit lila Tinte gekritzelt hatte, »Gott segne euch und stehe euch bei«. Auf der Liste stand Lisa Basch, eine fünfundzwanzigjährige angehende Fotografin, deren Vater, ein Industrieller, nach Dachau verschleppt worden war (und später unter der Bedingung freigelassen wurde, dass er Deutschland umgehend verließ).

Da Louise diesmal ihrer Arbeit nicht fernbleiben konnte, suchte Ida die Familie

Basch allein auf, zu Hause in einer großen gotischen Villa in Offenbach bei Frankfurt. Die Einrichtung lag in Trümmern: Die SS war bei der Verhaftung von Herrn Basch durchs Haus gewütet, hatte Bilder heruntergerissen, Spiegel zertrümmert, sämtliches Porzellan zerschlagen und die Tasten des Flügels herausgerissen. Nur einige Mitglieder der Basch-Familie waren noch da; zwei Söhne waren bereits in den Vereinigten Staaten, eine Tochter und ein Schwiegersohn würden bald folgen. Basch und seine Frau warteten auf die Ausreise nach Frankreich, wo ein Geschäftspartner für sie bürgte. So war Lisa die einzige Basch ohne Ausweg, die einzige ohne Bürgschaft. Ida sprach mit ihr und stellte ihr noch am selben Tag eine Bürgschaft aus. Lisa verließ Deutschland im April 1939 und gelangte über Paris nach England.

Dies war nicht ihr letzter Fall, doch im Frühjahr 1939 begegneten Ida und Louise Angst und Verzweiflung nicht mehr ganz so stoisch. Die Tage bei Frau Jack waren lang und traumatisch; die Schwestern ertrugen es nicht, dass sie nicht allen, mit denen sie sprachen, helfen konnten. Wenn sie in ihr Hotelzimmer zurückkehrten, hielten sie einander fest und weinten. Am Abend des 24. August 1939, an Idas fünfunddreißigstem Geburtstag, klingelte in der Morella Road das Telefon. Es war Frau Jack: »Ida, es gibt noch einen. Einen jungen Mann und seine Frau. Ist das möglich? Sie haben nur noch eine Woche.« Es war nicht möglich. Zehn Tage später brach der Krieg aus.

5

Wer erinnert sich an sie? Ich machte Jim Cook ausfindig, Idas und Louises Bruder, der allein in einem kleinen Bungalow in einer Sackgasse in Epsom in der Grafschaft Surrey wohnte. Er war über neunzig, gebrechlich und erst vor Kurzem aus der Rehabilitation in einem Pflegeheim entlassen worden. Er führte mich ins vordere Schlafzimmer, das auf einen kleinen Garten hinausging. »Alles sammelt sich beim Letzten«, sagte er, und wir blickten uns in einem Zimmer um, das vor Nichtgebrauch muffig roch. Es beherbergte einen Teil der Hinterlassenschaft seiner Schwestern, überwiegend Schallplatten ihrer Opernlieblinge wie Ponselle, denn die Fotos und Programme waren schon vor Jahren kartonweise ans Blythe House geschickt worden. Ich fragte ihn nach dem Charakter seiner Schwestern, und er antwortete: »Meine Schwestern hatten keine gewöhnlichen Vorlieben und Abneigungen. Sie hatten sehr ausgeprägte Meinungen zu vielen Dingen – zum Beispiel bedauerten sie es sehr, als Frauen anfingen, Hosen zu tragen, und häufig machten sie Sängerinnen schlecht.« Er hielt inne. »Sie wollten die Welt so haben, wie sie sie sich wünschten, und wenn sie so nicht war, erfanden sie sie.«

Er deutete auf einen alten Koffer, den er irgendwie auf eines der Betten hatte hieven können. Der Koffer war jetzt offen, darin lagen zwei große Papierstapel. »Am Ende kommt alles an«, sagte er, bevor er hinausschlurfte und mich damit allein ließ. Ich packte langsam aus. Das Papier roch merkwürdig, schwerer als das Zimmer. Zwischen Mietverträgen und Testamenten und dem ein oder anderen Vertrag mit Mills & Boon entdeckte ich einige Zeitungsausschnitte. *New York Times,* Mittwoch, 24. März 1965: »Schwestern als Judenretter geehrt – 2 britische Jungfern erhalten Dank von Israel für Rettung von 29 Menschen aus Nazideutschland«. »Heldentaten wie aus einem James Bond«, lautete eine weitere Schlagzeile über folgendem Text: »Sie waren einfach naive, warmherzige Frauen und kamen damit durch: Sie sahen einfach nicht so aus.«

Wir aßen Brote zum Lunch, im Wohnzimmer mit Tabletts auf den Knien. Ich fragte Jim, ob seine Schwestern wohl je wirklich begriffen hätten, was sie in Deutschland unternahmen. Meine Vermutung war, dass sie es ganz genau gewusst hatten. Ida und Louise sahen vielleicht aus wie zwei harmlose Jungfern, aber schon 1926, als sie es nach New York geschafft hatten, erfassten sie voll und ganz die Macht ihres eigenen Willens. »Meine Schwestern hatten eigentlich kein Bedürfnis, darüber zu reden, was sie getan hatten, überhaupt kein Bedürfnis«, sagte Jim. »Oft ist es das, worüber Engländer nicht gern sprechen ...« Ich dachte, er würde nun anfügen, »das wichtig ist«, aber er beendete den Satz nicht. Dann sagte er noch: »Meine Schwestern waren sehr angelsächsisch.«

Im Koffer fand ich Idas Adressbuch. Es enthielt eine beeindruckende Anzahl von Namen, darunter viele der geretteten Flüchtlinge, die ich aus *We Followed Our Stars* wiedererkannte. Jim war davon überzeugt, dass sie alle tot waren, doch ich hielt es für möglich, dass einige noch lebten. Ich lieh mir das Adressbuch aus, das ich zu Hause langsam durcharbeitete, die englischen Telefonnummern zuerst. Keine funktionierte. Als ich zu Lisa Basch, 640 W153rd Street, New York, kam, wählte ich mit der Erwartung, denselben enttäuschenden Ton zu hören, kein Anschluss unter dieser Nummer. Doch es klingelte, und jemand nahm ab. Die Stimme war weiblich, zittrig und klang nach amerikanischer Ostküste, jedoch bestand kein Zweifel, dass sie aus Deutschland stammte.

6

Ida und Louise erging es ähnlich, als sie nach dem Krieg Rosa Ponselle »fanden«. Der Zweite Weltkrieg hatte die Schwestern in ganz anderer Weise mitgenommen als den Großteil der europäischen Bevölkerung. Spannung und Aufregung waren ihrem Leben entzogen. »Wir wurden auf unseren Alltag zurückgeworfen«, schrieb Ida. Der Krieg raubte ihnen sechs Jahre Abenteuer und Oper und bescherte Ida eine sehr ungelegene Schreibblockade, war doch im Krieg der Bedarf an Liebesgeschichten größer denn je. Noch schlimmer, die beiden wurden zum ersten Mal getrennt, für beide eine schlimmere Prüfung als die Bombenangriffe. Louise zog mit ihrem Büro für zwei unerträgliche Jahre nach Wales um, während Ida als hauptberufliche Luftschutzwächterin für einen Schutzkeller in Bermondsey in London blieb. An den wenigen Wochenenden, die sie zusammen verbrachten, wiederholten sie als ihr Mantra: »Es gibt immer noch Rosa«, und nach dem Krieg fanden sie heraus, dass es stimmte.

Die Nachkriegsbemühungen, Rosa Ponselle zu finden, war ihr Versuch, die romantische Vergangenheit wiederzubeleben. Da es den Schwestern nie gelungen war, Ponselle näher zu kommen, war sie zu einer Art Symbol geworden, einer Herausforderung – wie ein unbezwungener Gipfel –, für die sie lebten. Ida schrieb einen Brief, adressiert schlicht an »Rosa Ponselle, Baltimore, USA«. Er erreichte seinen Bestimmungsort, und am 4. Januar 1947, zwanzig Jahre, nachdem sie erstmals über die Fifth Avenue gelaufen waren,

Ida und Louise bei der Ankunft in New York

um Galli-Curci zu hören, kehrten sie nach Amerika zurück, diesmal, um ihre Heldin Ponselle zu besuchen, die sich 1937 nach beinahe zwanzigjähriger Karriere, die ihr einen Platz unter den größten Sängerinnen des Jahrhunderts gesichert hatte, von der Bühne der Metropolitan Opera zurückgezogen hatte. Die Schwestern erlangten selbst allmählich eine gewisse Berühmtheit. Sie traten dem Adoption Committee for Aid to Displaced Persons (später Lifeline) bei mit speziellem Augenmerk auf nichtdeutsche Flüchtlinge in Deutschland, darunter viele Polen, die als Zwangsarbeiter nach Deutschland verschleppt worden waren. Sie trieben Geld für tägliche Milchrationen für Kinder unter sechs Jahren auf und für die Behandlung von Tuberkulose, reisten dafür immer wieder in ein bayerisches Lager und lernten ihre »Fälle« kennen wie damals bis zum September 1939.

Sie sorgten dafür, dass zumindest geistig ihr Leben von Wandel, nicht von Ergebung geprägt war. »Nichts, was der menschlichen Grausamkeit entspringt, kann je abschließend beantwortet werden«, schrieb Ida in *We Followed Our Stars*, »also geht man stets zur nächsten Facette über, nur spielt man, je älter man wird, eine weniger aktive Rolle darin.«

Dank dieser neuen Verbindung zu menschlichem Leid – etwas, das ihr im Krieg auf absurde Weise gefehlt hatte – produzierte Ida erneut fleißig Liebesromane. 1949 hatte sie einundvierzig Romane veröffentlicht und war ein wirkungsvoller Werbeträger für Mills & Boon: »406 473 Exemplare von Mary Burchells Büchern verkauft ... Im Schnitt wird je-

Ida mit Eamonn Andrews in der BBC-Sendung
»This is Your Life«, März 1956

des Buch 100 Mal für jeweils 3 Pence ausgeliehen.«

Im selben Jahr fand sie auch noch die Zeit, *We Followed Our Stars* zu schreiben, das 1950 bei Hamish Hamilton veröffentlicht wurde und vor dem Hintergrund von Idas wachsender Berühmtheit als Mary Burchell die Aufmerksamkeit von Presse und Radio erregte. In einer Sendung des BBC *(A Tale of Two Sisters)* erzählten Ida und Louise ihre Geschichte, und 1956 wurde Ida, »Millionen bekannt als Mary Burchell«, als Hauptfigur einer der ersten Ausgaben der Biographie-Show *This is Your Life* in ein Fernsehstudio gelockt. Unter den Gästen, die darauf warteten, auf die Bühne zu treten und Ida die Hand zu schütteln, waren Miss Taft, Viorica Ursuleac, Frau Jack und einige noch in Großbritannien lebende Flüchtlinge, die der Produzent hatte aufspüren können, darunter Walter Stiefel, den sie noch ganz zuletzt aus Berlin hatten herausholen können. »Meine Mutter, mein Vater und ich verdanken Ihnen unser Leben ...«, ertönte Stiefels Stimme aus dem Off, während er noch für das Publikum unsichtbar hinter einer Wand wartete. »Dafür können wir Ihnen gar nicht angemessen danken.«

Die höchste Ehre wurde den beiden 1965 zuteil, als die Kommission der Yad-Vashem-Holocaustgedenkstätte in Jerusalem sie zu »Gerechten unter den Völkern« erkor, eine Auszeichnung, die bis dahin nur zwei andere Briten erhalten hatten und die sie in eine Reihe stellte mit Oskar Schindler und anderen, die im Angesicht der nationalsozialistischen Verfolgung Juden gerettet oder versteckt hatten. Am 23. März nahmen sie vom israelischen Botschafter in London ihre Urkunde entgegen, und am darauffolgenden Tag erschien ein Foto in der *New York Times* – ein Foto zweier Frauen, die mit ihren gewaschenen und gelegten Haaren und Gouvernantenkostümen (niemals Hosen) deutlich machten, dass sie in einer anderen Zeit wurzelten; beide bedauerten zum Beispiel die Abschaffung des Hutes. Der Geschmack in Liebesromanen hatte sich auch geändert, doch »Mary Burchell« schlug die Forderung nach mehr Sexszenen ab und ließ ihre »Mädchen« weiterhin im Spiegel ihre Hüte zurechtrücken, wenn sie morgens das Haus verließen. Im Bewusstsein ihrer aussterbenden Leserschaft versuchte Mills & Boon sie nun zu einer Galionsfigur zu machen, einer Grande Dame der Liebesromane, die eine jüngere Generation inspirieren konnte (befördert durch ihre Position als Vorsitzende der Ro-

Ida mit Maria Callas in der Wohnung am Dolphin Square, 1964

Ida und Louise mit Maria Callas, 1954

mantic Novelists' Association). Louise ging weiter ihrer bescheidenen Arbeit im öffentlichen Dienst nach und übersetzte zuweilen in ihrer Freizeit Libretti für die Opern von Richard Strauss.

Die Oper war allerdings auch nicht mehr das, was sie einmal war. 1948 sagte Galli-Curci, die sich 1930 von der Bühne zurückgezogen hatte, dem *Time Magazine*: »Musik ist eine Kunst, kein Schreiwettbewerb und auch kein Krawall. Wie wir sie ausführten, war sie eine Kunst. Das hat sich leider geändert … Es sind hysterische, kreischige Zeiten.« Diese Haltung teilten die Schwestern. Gelegentlich gab es Diven wie Maria Callas, die Ida und Louise an ihre frühere Verehrung für Galli-Curci und Ponselle erinnerten, doch seit den Sechzigerjahren waren sie von den Operntalenten alles in allem enttäuscht. Ihre »Gram-

Ida mit Tito Gobbi

mophonpartys« aus den Dreißigerjahren allerdings führten sie fort, und in der Wohnung am Dolphin Square empfingen sie eine exzentrische Mischung von Gästen. Callas war hin und wieder da, laut Ida »ein Star, wie er leibt und lebt ... In hohen Lagen ergreifend, ansonsten nicht ganz auf dem Punkt«, oder der italienische Bariton Tito Gobbi, dessen Autobiographie Ida als Ghostwriter verfasst hatte. Des Weiteren Ponselle, die sich nach vorheriger Verabredung telefonisch hinzugesellte, und die englische Sopranistin Eva Turner. Es waren aber auch einige jungferliche Freundinnen aus Essex dabei, Idas Lektorin bei Mills & Boon, ihr Herausgeber Alan Boon (Sohn von Charles), einige Kollegen aus Louises Büro. Ida spielte an diesen Abenden die Gastgeberin – Louise saß lieber in einem Sessel, als herumzulaufen –, ihr Ruf trug ihr inzwischen gebührenden Respekt und bis zu einem gewissen Grad auch Ehrfurcht ein: Man denke sich Margaret Dumont mit den Marx Brothers. Die Schwestern flogen nun regelmäßig nach New York. Nach der Yad-Vashem-Auszeichnung erlangten sie eine gewisse Berühmtheit auf der Upper East Side, wo ihnen zu Ehren und zur Spendenwerbung für die State of Israel Bonds Lunch- und Teegesellschaften gegeben wurden. Um diese Zeit schloss Ida – stets bemüht, den Geldhahn offen zu halten – einen Vertrag mit der Maurice Frost Lecture Agency ab. Ihre Visitenkarte wies sie als »Ida Cook: Autorin, Vortragende, Reisende« aus. Sie bot ein »Menü« an Vorträgen an: »Wie ich Schriftstellerin wurde«, »In einem Monat um die Welt«, »›This is Your Life‹«, »Zwei gegen Hitler«, »Menschen, die ich kannte«, »Wie Sie

Schriftsteller werden«, »Die Oper und ihre Stars (bei einer Dauer von mindestens eineinhalb Stunden Illustration anhand von Grammophonplatten in Musikclubs möglich)«.

Man könnte diese Vorträge als Idas Art betrachten, die Vergangenheit noch einmal zu durchleben, doch nur jene Vergangenheit, die sie als Erinnerung und Vorstellung in sich trug. Könnte die Vergangenheit nicht auch eine Gegenwart haben? Lebte sie nicht irgendwie außerhalb weiter – irgendwo? Und konnte man in dem Fall nicht mit ihr in Kontakt treten? Ida und Louise begannen mit ihren ersten ernsthaften spiritistischen Experimenten. Sie engagierten die bekannte Hellseherin Estelle Roberts samt ihrem Geistführer Red Cloud und bezahlten sie dafür, zu wöchentlichen »Hauskreisen«, die die Schwestern und vier ihrer Freunde umfassten, zu ihnen in die Morella Road zu kommen. Bei diesen Zusammenkünften saßen sie im Dunkeln in einem Kreis und beteten für Schutz, Orientierung und Anleitung, wie sie ihren Mitmenschen am besten zu Diensten sein konnten. Dem folgte das Singen von Chorälen oder, wenn sie nach physischen Phänomenen strebten, das Abspielen aufgenommener Musik, da ihrer Erfahrung nach starke Musikschwingungen halfen. Ein Blechmegaphon wurde auf einen Holzkasten in die Mitte ihres Kreises gestellt, das sich ihren Berichten zufolge häufig im Takt der Musik bewegte. Sie hörten regelmäßige Klopfgeräusche auf der Holzkiste, als würde ein Dirigent – vielleicht Krauss, der 1954 gestorben war – mit seinem Stab darauf pochen. Oft flogen Schallplatten aus verglasten Schränken auf den Boden, besonders eine Aufnahme der Arie aus Glucks *Orfeo ed*

Euridice, in der Amor Orpheus sagt, er könne seine Frau aus der Unterwelt zurückholen.

Im Jahr 1923 hatten die Schwestern stolz verkündet, es sei ihnen nach ihrer musikalischen Erweckung gelungen, drei oder vier Sekretärinnen aus ihrem Büro zu »bekehren«. So auch jetzt mit ihrer neuen Leidenschaft, dem Spiritismus. Sie rekrutierten Tito Gobbi für ihre Séancen und Krauss' Witwe Ursuleac und sogar Alan Boon. Wen suchten sie? Krauss wäre der größte Fang. (Eine Woche nach seinem Tod hatte Louise berichtet, sie habe ihn in ihrem Esszimmer erblickt, und am folgenden Sonntag während eines Liederabends in der Albert Hall hatte Ida verkündet, sie habe ihn auf der Bühne sitzen sehen, ein Bein über das andere geschlagen, woraufhin Louise zu weinen anfing.) Aber da gab es auch noch den jüngsten Bruder Bill, der 1967 bei einem Autounfall ums Leben gekommen war, und Vater und Mutter, die 1959 bzw. 1961 gestorben waren (noch zwanzig Jahre nach ihrem Tod war die Morella Road voll mit ihren Sachen).

1969 wechselten die Schwestern auf eine Anzeige in der *Physic News* hin von Estelle Roberts zu Leslie Flint. Seine Methoden waren extremer, seine Ergebnisse erstaunlicher. Er war auf »Transmedium« und »Direktstimme« spezialisiert, einen Vorgang, bei dem Geister entweder durch den Kehlkopf des Mediums sprechen oder eine Art »Ektoplasma« aussondern, das einen Kehlkopf in der Luft bildet. Flint hatte diese Gabe zum Geschäft gemacht. Er hatte eine Autobiographie geschrieben, *Voices in the Dark,* hielt in aller Welt Vorträge und hatte eine illustre Gefolgschaft (nach seinem Tod 1994 wurde ein

Bildungsfonds eingerichtet). »Ich kann wohl mit Fug und Recht behaupten, das erprobteste Medium zu sein, das dieses Land je hervorgebracht hat«, sagte er einmal. »Ich bin besprochen, gefesselt, versiegelt, gewürgt und geknebelt worden, und noch immer haben die Stimmen ihre ewige Nachricht überbracht.« Aufnahmen davon kosteten je £4,99: Charlotte Brontës Gedanken zum Einfluss schöpferischer Menschen »auf Erden«, Maurice Chevalier über die Verwirrung und Frustration des Verscheidens, Winston Churchill über Wissenschaft und Raumfahrt, Mahatma Gandhi über Wahrheit und Religion und schließlich Oscar Wilde, der anhob mit »mein Name hat mir viel Ärger bereitet«.

Die ersten beiden Sitzungen mit den Schwestern verliefen ergebnislos. In der dritten flüsterte ihr Bruder Bill »Obah, Obah«, wie er Louise in seiner Kindheit genannt hatte. Es folgten viele Opernstars. Knapp zwanzig Jahre lang suchten Ida und Louise Leslie Flint auf – eine recht kostspielige Angelegenheit. Immerhin gibt es Heerscharen von Toten.

7

Wer erinnert sich an sie? Im September 2006 flog ich nach New York, um die Stimme vom Telefon zu treffen: Miss Lisa Basch, inzwischen vierundneunzig, von Ida in Offenbach bei Frankfurt aufgesucht, von den Schwestern im April 1939 gerettet. Heute frage ich mich, ob ich die Reise überhaupt hätte unternehmen sollen, ob ich ihr den Schmerz der Erinnerung nicht hätte ersparen sollen. Am Telefon allerdings hatte sie sehr bereitwillig geklungen, wenn auch ein wenig überrascht, dass ich sie gefunden hatte. Vor unserer Begegnung hatten wir häufig miteinander gesprochen, meist wenn Miss Basch etwas Neues eingefallen war und sie zum Telefon gegriffen hatte, um es mir mit-

Ezio Pinza in Covent Garden, 1939

zuteilen. Das war mir recht. Zuweilen warf sie etwas Verblüffendes ein wie »Ida war anders, als man denkt!« oder »Es gab eine dunkle Seite, die nicht viele Menschen kannten« oder »Ida hatte eine Affäre mit [dem Bass] Ezio Pinza«. Sie warnte mich, sie sei vielleicht tot, bevor ich ankäme.

Miss Basch meinte, in ihrer Wohnung könnten wir uns nicht treffen – sie sei zu klein, niemand komme dorthin –, also verabredeten wir uns um die Ecke von der Columbia University in der Wohnung eines Freundes, der dort Anglistikprofessor ist. Das freute Miss Basch, da sie selbst von 1942 bis 1964 in der Uni-Bibliothek gearbeitet hatte und noch immer wenige Blocks entfernt in Harlem wohnte, in einer Wohnung, die Ida ihr vor über fünfzig Jahren besorgt hatte und wo sie zufrieden in alleiniger Gesellschaft der *New*

Louise mit Ezio Pinza an den Salzburger Festspielen, 1934

York Times – »meines besten Freundes« – lebte.

Ich wollte ihr ein Taxi vorbeischicken, doch sie beharrte darauf, die Subway zu nehmen. Als ich die Tür öffnete, stand eine kleine Frau vor mir, zierlich wie ein Vögelchen, ganz und gar in Lila- und Violetttöne gekleidet. Sie trug einen altmodischen Hut, der ganz offensichtlich eine schaurige Perücke verbarg. Sie war aufgrund einer Makuladegeneration beinahe blind und hatte daher ihr dickes Make-up aufs Geratewohl aufgetragen. Sie ergriff meinen Arm und spähte mir ins Gesicht. »So jung! So jung!«, rief sie aus. »Sieh einer an. Da möchte man weinen!«

Wir saßen einander gegenüber, und ich bemerkte, dass zwei Glasschmetterlinge über Ober- und Unterschenkel ihrer violetten Hose flatterten. Sie sei gestürzt, erklärte sie mir. Ein

Schmetterling bedecke das Loch, der andere einen Tintenfleck. »Ich bin sehr sparsam«, sagte sie. »Meine Hose hat einen Dollar gekostet.« Und dann erzählte sie mir sofort von ihrer Vorkriegsschwärmerei für Clemens Krauss. Es war, als würden Ida und Louise aus ihren Gräbern sprechen. »Als junges Mädchen bin ich seiner ersten Frau hinterhergelaufen. Ich wollte einen Teil von ihm«, erzählte sie. »Dieser schöne Mund. Als Ida in unserem Gespräch in Frankfurt davon erfuhr, sagte sie zu mir: ›Sie sind die Richtige!‹ Da wusste sie, dass sie mir helfen würde.«

Dies ist Miss Baschs Geschichte. 1912 in eine Familie von Wiener Intellektuellen hineingeboren, die sich in Deutschland niedergelassen hatten. Ihr Vater, ein gutaussehender, erfolgreicher Industrieller, war der Liebling der Frauen einschließlich seiner Tochter, für die er immer die wichtigste Bezugsperson blieb. Er hatte ein Verhältnis mit dem Kindermädchen, aber Frau Basch sah darüber hinweg. Sie klagte lediglich darüber, dass sie auf Bildern wie eine Putzfrau aussehe und dass die Venen, die sich über ihre Handrücken schlängelten, Schmuck hässlich aussehen ließen. In den Jahren bis zum Krieg kam Mitia Mayer-Lismann regelmäßig sonntags zum Tee oder zu Musikabenden in der großen, eichengetäfelten Bibliothek, die die Bediensteten mit Stühlen und Erfrischungen bestückten, während Lisa und ihre Schwester ihre Blusen mit Kissen ausstopften – »Mitia hatte einen vollen Busen« – und ihre hohe Stimme imitierten.

»Ich habe gehört, Sie bekommen Besuch von einer wunderbaren englischen Dame, die Juden aus Deutschland herausholt, und ich bin jetzt ganz allein«, hatte Miss Basch 1938 zu ihr gesagt, und da hatte Mitia ihren Namen in lila Tinte notiert. Fotos aus dieser Zeit zeigen Miss Basch als großgewachsene, aparte junge Frau mit sportlicher, geradezu knabenhafter Figur. »Mein Zimmer war in Ordnung, das meiner Mutter auch, aber es gab kein Geschirr mehr«, beschrieb sie die Szene, die Ida damals vorgefunden hatte. »Ich weiß noch, wie ich eine Nachbarin gegenüber bat, mir doch wenigstens zwei Tassen zu bringen, damit wir Kaffee trinken konnten. Aber dann wurde uns das Gas abgedreht, weil eine jüdische Familie sich am Gasherd vergiftet hatte ... Wir mussten kleine Kohlebriketts kaufen.«

Wenn das Gedächtnis sie im Stich ließ, was hin und wieder geschah, wühlte Miss Basch in der Einkaufstasche, die sie zu ihren Füßen deponiert hatte. Sie holte Briefe und

Bilder von sich, von ihren Eltern und dem alten Haus hervor. Meine Fragen verhallten weitgehend ungehört. Miss Basch hatte wenig über Louise zu sagen, und bei Ida schien sie zwischen tiefer Bewunderung und einer leichten liberalen Überheblichkeit zu schwanken. »Ida war eine Rassistin, müssen Sie wissen«, sagte sie. »Sie mochte im Bus nicht neben Negern sitzen.« (Tatsächlich hatte ich in den Briefen, die Ida und Louise 1927 aus New York nach Hause geschrieben hatten, die Faszination herausgelesen, mit der sie die schwarzen Pagen im Hotel beschrieben. Das war nicht unbedingt Rassismus, aber auch nicht Miss Baschs aufgeklärter Liberalismus.) Andererseits war Ida wie eine Mutter zu ihr gewesen. »Sie hat mich vor der Gaskammer gerettet«, sagte sie. »Dadurch, dass sie mich gerettet hat, wurde mir die Zukunft erspart, in der jene Menschen, die nicht mehr herausgekommen sind, zu Opfern wurden ... Ich weiß nicht, wie wir ihnen jemals gedankt haben. Nicht genug. Ida hat einmal zu mir gesagt: ›Du schuldest mir gar nichts.‹ ... Ich weiß noch, dass ich ihr für diese Großtat eine hübsche Tasche gekauft habe. Wir hatten danach nicht mehr viel Geld, und das Wenige war für das tägliche Leben. Schmuck hatten wir auch keinen. Nur ein, zwei Ringe und eine goldene Uhr, die wir den Nazis überlassen mussten. Meine Mutter mochte keinen Schmuck. Und ich habe blaue Venen genau wie sie.«

Sie streckte die Arme aus, und ich beugte mich näher zu ihr. »Nicht auf meine Fingernägel sehen«, rief sie. »Ich kann sie nicht mehr erkennen. Ich brauche eine Pediküre und eine Maniküre! Aber hier, lesen Sie diesen Brief! Lesen Sie.«

Er war vom 26. März 1965, beinahe dreißig Jahre nach ihrer ersten Begegnung (sie waren bis zu Idas Tod in Kontakt geblieben), und handelte von einem bemerkenswerten Essen der Schwestern mit Marlene Dietrich, die sie durch Jinette Spenier, die *directrice* des Modehauses Balmain, kennengelernt hatten: »Liebste Familie Basch«, las ich Idas vertraute Handschrift vor,

> wie reizend von Euch allen, uns zu schreiben ... Wir ... hatten das Vergnügen, Marlene Dietrich kennenzulernen ... Zunächst dachten wir, ›Oh, sie ist aber etwas verblasst. Armes Ding.‹ Doch als sie eine gewaltige Mahlzeit zu sich nahm, dabei spindeldürr aussah, die Glückliche, und unablässig redete, war es, als hätte man in ihr ein Licht ange-

knipst, und plötzlich dachte man: ›Aber ja, das ist die große Dietrich‹, und ich verstehe, wieso. Sie kann eine ganze Gesellschaft in ihren Bann schlagen, und ob Ihr es glaubt oder nicht, selbst ich kam nicht ein einziges Mal zu Wort.

Miss Basch kicherte, als ich diesen Teil las, und mir dämmerte, dass sie die Schrulligkeit der beiden Schwestern ganz ohne jede Verklärung betrachtete. »Aber diese Geister, die zu ihnen sprachen!«, sagte sie irgendwann. »Beunruhigend, dass irgendjemand so merkwürdig sein kann … Ich habe meinen Mund gehalten. Mir fehlten die Worte. Ich fand es lächerlich, absolut lächerlich. Das kann höchstens ein Psychiater begreifen.«

»Ich habe sie gefahren, wo immer sie hin wollten«, beschrieb sie die Freundschaft zu ihnen in den Zeiten, da die beiden in New York waren. »Ich war wie ein Chauffeur, immer zu ihren Diensten. Wo immer sie hin mussten, wen auch immer sie besuchen wollten, ich habe sie gefahren. Ida sagte jedes Mal zu mir, ›Du musst dich nicht erkenntlich zeigen‹, aber ich wollte das. Ich war so dankbar. Ich war ihr zutiefst verbunden, und wenn sie nicht gewesen wäre …« Sie hielt inne. »Die jüdische Sache beschäftigte Ida sehr, und sie hatte mich gern dabei als Repräsentantin dessen, was sie getan hatte. Die Leute hatten bestimmt längst genug von mir … Und ich habe ihr immer die feinste Schokolade geschenkt, Trüffel mit Schokoladencreme …«

Ich versuchte mir die smarte Miss Basch vorzustellen, wie sie nach dem Krieg mit Ida und Louise durch die Upper East Side schlenderte und sich, während die beiden von den Geistern berichteten, die sie kürzlich wieder aufgetan hatten, auf die Zunge biss. Oder wie sie sie in ihren Chevy lud, um sie den weiten Weg zu Rosa Ponselle nach Maryland zu fahren. Eine abwegige Freundschaft, möchte man meinen. Ida und Louise waren standhafte, antiliberale Konservative – Ida hatte einmal über vorehelichen Geschlechtsverkehr gesagt, »was du meinst, ist Unzucht, und wenn du das Wort nicht kennst, schlag es in der Bibel nach, das und die Strafen dafür« –, während Miss Basch ihr Erwachsenenleben im intellektuellen Dunstkreis linker Akademiker verbracht hatte. Sie war auch oft verliebt gewesen. »Ich war keine Lesbe, überhaupt nichts in der Richtung«, sagte sie, vielleicht weil sie ahnte, dass ich mich so etwas gefragt hatte. »Ich habe viele Freunde gehabt, Himmel ja …« Männer waren für Miss Basch

Realität gewesen, keine düsteren Helden, wie Ida sie beschworen hatte. Als sie mir von ihnen allen erzählte – dem Prager Musikkritiker, dem Verheirateten auf Capri, dem Skilehrer, von dem ihre Mutter warnend gesagt hatte, wenn der Schnee geschmolzen sei, würde ihnen der Gesprächsstoff ausgehen, dem Automechaniker, der aussah wie Robert Redford, sich aber als schwul herausstellte –, schien die Kluft zwischen ihr und den Schwestern größer als der Atlantik.

Auch war sie acht Jahre lang Alkoholikerin gewesen. Sie leerte flaschenweise Sherry, Port und Wein, bis ihr schlecht wurde und nicht mehr einfiel, wo sie ihren Chevy geparkt hatte. Einmal versäumte sie eine Verabredung mit den Schwestern, die auf Opernbesuch in New York waren, weil sie sich zu Hause übergeben musste. Sie sagte ihnen die Wahrheit. Dieser Kontrollverlust widerte die beiden an, und sie wollten nicht weiter darüber sprechen – aus Furcht vielleicht vor dem Unglück und der Verwirrung, die sich dahinter verbergen mochten. »Ich habe mein Leben wohl ziemlich verpatzt«, sagte sie plötzlich. »Ich betrachte mich als griechische Tragödie. Ich habe nicht das Leben gelebt, das ich hätte leben sollen. Ich bin nicht gereist, habe mir nicht die Welt angesehen. Mir bleibt nur das Bedauern. Ich sehe mir Reiseberichte an, gehe in Reisebüros und sehe mir die Länder auf Papier an, nur weiß ich, dass einige dieser Reiseberichte und Bilder falsch sind, weil der Himmel nicht so blau ist und der See nicht so blau und die Donau nicht so blau.«

Wir könnten gleich morgen eine Reise buchen, sagte ich zu ihr. Sie schüttelte den Kopf.

»Ich wüsste nicht mal, wo ich hin wollte«, antwortete sie. Den Satz wiederholte sie dreimal. Als sie gegangen war, überkam mich der überwältigend traurige, doch naheliegende Gedanke, dass in Idas und Louises Rettungsaktion im Jahr 1939 keine Garantie auf künftiges Glück inbegriffen gewesen war. Stattdessen hatte das Leben seinen Lauf genommen, in Miss Baschs Fall ein kompliziertes Geflecht aus Liebesbeziehungen, Alkohol und Bedauern.

Wir trafen uns am nächsten Tag wieder. Ich hatte eine Frage, die an etwas anknüpfte, was Jim Cook mir erzählt hatte. Ob sie der Meinung sei, dass Ida und Louise jene Aspekte des Lebens gemieden hatten, die nicht so waren, wie sie sie sich erträumten? Die Frage gab ihr Gelegenheit, etwas zu erzählen, das ihr die ganze Nacht durch den Kopf gegangen war. Sie sei seit Viertel vor acht auf und versuche, sich darüber klar zu werden, sagte sie, versuche, die Abfolge der Ereignisse richtig zu erinnern. »Was mir passierte, als ich Deutschland verließ«, fing sie an, »ich weiß nicht, ob ich das Ida je hätte erzählen können. Sie befragten mich in Köln und untersuchten mich dann vaginal. Die deutschen Grenzer sagten, sie suchten in meiner Scheide nach Brillanten und Perlen und ob ich sie ausführen wolle. Ich dachte, als sie mich in einen kleinen Raum führten und mich untersuchten: ›Habe ich gesagt, dass ich Ida besuche? Hat sie gesagt, sie besucht mich irgendwann? Hat sie ihnen meinen Namen geben müssen?‹ Rückblickend denke ich, sie wollten einfach den Überblick. Ich kann es nicht beweisen, aber ich hatte von keiner anderen Frau gehört, die so untersucht worden war.«

Ob sie den Schwestern davon erzählt habe? Miss Basch fing an zu weinen. »Ich weine nie, ich weine nie«, sagte sie. »Ich glaube nicht, dass ich das irgendjemandem hätte erzählen können … Habe ich damals schon Hosen getragen oder einfach nur einen Rock? Was kann eine Frau in ihre Scheide tun? Wer Kinder bekommen hat, hat eine größere Scheide, aber ich war eine unverheiratete Frau.«

Während ich noch zu begreifen versuchte, was sie mir erzählte, sagte sie: »Sie tun meinem Kopf sehr weh, dass ich über diese Dinge nachdenken muss, wie verschränkte Finger. Es ist mir peinlich, dass ich Ihnen nicht mehr helfen kann. Warum bin ich so verwirrt und aufgewühlt?«

Wir beschlossen, einen Spaziergang zu machen und irgendwo zu Mittag zu essen, und sie fing sich schnell wieder. Im Lokal war sie wieder ganz kiebig. Sie bestand darauf, das Besteck in sauberem Wasser zu spülen, das man uns an den Tisch brachte. »Ich weiß, was die in diesen Küchen damit anstellen«, sagte sie. Zu meiner Freude aß sie mit Appetit. Hinterher schlenderten wir durch die Straßen, und sie deutete auf ein Haus. »Dort bin ich mit Eisenhower zusammengestoßen«, sagte sie. »Sein Gesicht war so rosa wie ein Lachs!«

Ida an der Schreibmaschine

8

Drei Tage vor Weihnachten des Jahres 1986 starb Ida im Parkside Hospital in Wimbledon an Krebs. Sie wurde in Putney Vale eingeäschert. Erst ein Jahr zuvor hatte sie mit ihrem Verleger Alan Boon ein großzügiges Arrangement getroffen, das Louises Altersversorgung sicherte. Aber kam Louise ohne Ida zurecht? Sie beschloss, Morella Road zu verkaufen und in eine Wohnung am Dolphin Square zu ziehen – eine andere, nicht die, die Ida für ihre Partys und in jüngster Zeit zum Schreiben benutzt hatte. Sie vermisste ihre Schwester sehr und spürte in den Morgenstunden ihre Anwesenheit. Im Mai 1987 suchte sie die naheliegende Lösung und ging zu Leslie Flint. Von dieser Séance existiert noch immer eine Aufnahme.

Ida: »Ich liebe dich, ich bin sehr nah, ich werde nie weit weg sein …« [Flüstern und Geraschel] »Ich warte einfach darauf, dass du irgendwann zu uns stößt, aber ich fürchte, du musst noch ein wenig ausharren …«

Louise: »Ach, Liebste! Ach, Liebste, bist du das? Ach, Liebste …«

Ida: »Ich liebe dich. Ich möchte, dass du glücklich bist. Ich möchte, dass du Geduld mit dir hast. Du musst die Dinge auf dich zukommen lassen. Ich komme wieder! Ich komme wieder!«

Louise: »Ach, wie schön! Wie schön!«

Dann stellte ihr Ida eine Frage zum Verkauf der Morella Road: »Was ist mit dem Dachboden? … Du hast noch nicht alles ausgeräumt.«

Louise schwankte: »Das meiste ist draußen … Ich dachte, er sei leer. Vielleicht nicht ganz.«

Ida: »Nein, noch nicht ganz … Hast du dir schon überlegt, was du damit machst, oder vielleicht ist es noch zu früh?«

Louise: »Ja, es ist schwer, das alles durchzusehen. Ich gehe nicht oft hin, verstehst du.«

Neben Idas Romanen lagerte auf dem Dachboden im zweiten Stock der Morella Road eine Kiste mit Korrespondenz aus der Vorkriegszeit. Die Briefe, zum Teil mit Fotos, stammten von den vielen Familien, die sie um Hilfe gebeten hatten. Sie waren nicht säuberlich geordnet und seit 1939 nicht mehr gesichtet worden; zum Teil waren es Erinnerungen an all die Familien, die die Schwestern nicht hatten retten können. »Sie sind dort aufgehoben«, hatte Ida in *We Followed Our Stars* erklärt, »weil ich es, so tragisch sie sind, nicht über mich bringe, diese Seiten der Geschichte zu zerstören.«

Bald darauf warf Louise den Inhalt der Kiste ins Feuer. Desgleichen verschwand jeder Bestseller, den Ida je geschrieben hatte, wurde entweder der Wohlfahrt gespendet oder verbrannt; als ihr Bruder Jim den neuen Besitzern die Schlüssel übergab, schien demnach nur sehr wenig übrig, was von ihrer Geschichte künden konnte. Über die Gründe kann niemand wirklich Aufschluss geben. Ein langes Leben verborgener Eifersucht? Die quälende Trauer? Wahrscheinlicher ist, dass der Tod einer Schwester im Kopf der Verbliebenen zum Tod zweier Schwestern wurde.

Louise starb am 27. März 1991 im Westminster Hospital an einer Blutvergiftung. Auf gewisse Weise waren sie nun wieder vereint. 1966 hatte Ida der Zeitschrift *McCall's* gesagt: »Viele Frauen unserer Generation haben sich für ein Jungferndasein in Würde entschieden, statt einen unsympathischen Mann zu heiraten. Vielleicht gab es bei Louise und mir hin und wieder leises Bedauern, aber ich kann mich nicht erinnern, dass wir gelitten hätten.«

Sie hatten für die Kunst gelebt.

Zur Autorin und zur Übersetzerin

Louise Carpenter ist Journalistin und schreibt für den *London Daily Telegraph* und den *London Observer.* »Ida and Louise« erschien im Sommer 2007 im *Granta 98 – The Deep End* und erscheint hier erstmals in Buchform. Louise Carpenter lebt mit ihrem Mann und ihren drei Kindern in Dorset.

Miriam Mandelkow, 1963 in Amsterdam geboren, lebt als Lektorin und Übersetzerin in Hamburg und Arkadien, Griechenland. Sie übersetzte u.a. Patrick Hamilton, Michael Frayn und Martha Gellhorn.

Zum Buch

Ida und Louise führen ein eintöniges Dasein als Stenotypistinnen. Als sie eines Tages eine Arie aus *Madame Butterfly* hören, springt der Funke über und aus den Schwestern werden passionierte Opernbesucherinnen. Sie folgen ihren Stars bis nach New York, nachdem sie zwei Jahre lang eisern gespart haben.

Ida schreibt über diese New York-Reise einen Artikel, wagt sich dann an einen Liebesroman und wird zur Bestsellerautorin. Ida und Louise können nun ihre Leidenschaft leben. Oft besuchen sie Aufführungen, auch in Deutschland, wo sie realisieren, dass dort für Juden kein Platz mehr ist. Und es wird zu ihrer neuen Lebensaufgabe, den Verfolgten zur Emigration zu verhelfen.

Louise Carpenter erzählt die Biographie zweier englischer Schwestern, denen es nicht zuletzt dank ihrer Leidenschaft für die Oper gelang, die Gestapo zu überlisten und 29 Menschen unter den abenteuerlichsten Umständen das Leben zu retten.